ESQUECIDOS

CIP-BRASIL. CATALOGAÇÃO NA PUBLICAÇÃO
SINDICATO NACIONAL DOS EDITORES DE LIVROS, RJ

M931e   Munhós, Juarez Ramos
            Esquecidos / Juarez Ramos Munhós. – 1. ed. – Porto Alegre [RS] : AGE, 2023.
            63 p. ; 14x21 cm.

            ISBN 978-65-5863-208-5

            1. Ficção brasileira. I. Título.

23-84245   CDD: 869.3
                         CDU: 82-3(81)

Gabriela Faray Ferreira Lopes – Bibliotecária – CRB-7/6643

Juarez Ramos Munhós

ESQUECIDOS

PORTO ALEGRE, 2023

© Juarez Ramos Munhós, 2023

Capa:
Nathalia Real,
utilizando imagens da ShutterStock
Balança: zendograph
Homem segurando dinheiro: Dexailo

Diagramação:
Nathalia Real

Supervisão editorial:
Paulo Flávio Ledur

Editoração eletrônica:
Ledur Serviços Editoriais Ltda.

Reservados todos os direitos de publicação à
LEDUR SERVIÇOS EDITORIAIS LTDA.
editoraage@editoraage.com.br
Rua Valparaíso, 285 – Bairro Jardim Botânico
90690-300 – Porto Alegre, RS, Brasil
Fone: (51) 3223-9385 | Whats: (51) 99151-0311
vendas@editoraage.com.br
www.editoraage.com.br

Impresso no Brasil / Printed in Brazil

SUMÁRIO

O grupo / 7

O encontro / 11

A apresentação / 15

A origem / 19

A administração / 23

A ideologia / 31

O salário / 35

O dicionário / 39

A aposentadoria / 43

O comando / 45

As reformas / 53

O GRUPO

Para Vladimir seria, talvez, uma das últimas reuniões da velha turma da escola. Nos encontros anteriores, já havia redução do número de participantes. Entre os que ficaram se diferenciavam os que se tornaram amigos e não apenas ex-colegas. Mesmo assim, por razões diversas, alguns deixaram de participar dos encontros programados. Esta ocasião, entretanto, era especial: marcava um quarto de centenário do encerramento das atividades escolares.

Vladimir tornou-se encarregado da missão de reunir a turma pelo simples fato de se ter tornado professor na escola, além de exercer um cargo no funcionalismo público. Procurava manter atualizados os endereços dos antigos colegas para eventuais contatos. Já havia confirmado as presenças de Jonas, antigo goleiro da equipe de futebol de salão e que hoje possui uma loja de produtos esportivos. Também Jaques, formado em Administração de Empresas, que andou uns tempos fora da cidade. Tinha como certa a presença de Miguel, formado em Direito e que atuava em um escritório particular.

O local do encontro seria o prédio situado ao lado da escola. Era uma casa antiga, adquirida, em princípio, para expansão das atividades escolares e que era utilizada como cantina nos intervalos das aulas na parte térrea e, na área superior, como espaço destinado, de forma recreativa, à prática de jogos de salão (xadrez, damas, etc.) para alunos e ex-alunos.

Nos primeiros encontros da turma, sempre em fins de semana, ainda em maior número de participantes, o ecônomo responsável pela cantina realizava, sob encomenda prévia, algum tipo de refeição, o que foi abolido com o tempo, face ao grupo ter-se reduzido.

Isto começou a acontecer porque muitos ex-colegas assumiram compromissos de ordem particular, pois alguns já se haviam casado e ficava difícil a participação quando coincidiam as programações da turma com as da família.

Para Vladimir e outros colegas os estudos terminariam com a conclusão do segundo grau. A necessidade de começar a trabalhar tornaria difícil conciliar o emprego com estudos universitários que exigiam uma dedicação maior.

Para a grande maioria dos colegas deixou de haver o contato, por falta de iniciativa dos próprios alunos e pelo reservado posicionamento da escola. Concorria para isso o fato de muitos terem se deslocado para outras localidades. Uma situação que foi muito comentada foi a transferência para o exterior do Zé Roberto, o entusiasta técnico do time, que foi agraciado com uma bolsa de estudo fora do País antes mesmo de iniciar os estudos universitários. Todos lembraram o dia em que o Zé Roberto recebeu a notícia. Logo toda turma ficou sabendo. Houve até um alvoroço, porque muitos queriam se informar dos detalhes por que havia despertado um interesse em realizar projeto semelhante. A informação obtida era que se tratava de oportunidade única, pois, além do destaque que ele tinha na escola, havia o detalhe complementar que era de poder se comunicar no idioma do País onde iria estudar.

Foi durante o período escolar que houve a separação do vínculo Igreja/Estado, ficando a orientação religiosa, para os que se interessassem, em associações e congregações específicas fora dos horários escolares.

Após lograr aprovação num concurso público, ocorreu a Vladimir aprofundar, em nível superior, o estudo de História, matéria que sempre despertou seu interesse. Alguns anos mais tarde, recebeu o convite para lecionar na escola em que havia estudado.

O ENCONTRO

Ficou acertado que o encontro se daria num sábado próximo do fim do ano, em torno de duas horas da tarde. Com mínima diferença de horário, foram chegando os participantes que haviam confirmado suas presenças. Lá estava Vladimir para apresentar-lhes as boas-vindas. Algum tempo havia passado desde o encontro anterior e, seguramente, muito teriam para conversar e relembrar. Para eles era nostálgico retornar ao prédio onde haviam passado muitos anos da adolescência. Vladimir, Jaques, Jonas e Miguel foram ingressando no prédio e se instalando nas poltronas da sala. Como de praxe, nessas ocasiões, muitos fatos passados eram recordados, principalmente os que produziam mais risos. A intenção não era de constranger ninguém, pois este era o espírito que unia aquele grupo. Vladimir tomou a iniciativa da conversa lembrando a data em que o Estado passou a categoria laico, quando o ensino religioso deixou de ser ministrado. Lembrou que, na época, muitos pais foram ao colégio solicitando a continuação das aulas que seriam extintas, argumentando que a instrução religiosa era da mais alta importância na formação da personalidade dos jovens, quando princípios de ética e convivência social eram colocados como base na formação dos jovens.

Lembrou Jonas que quando o anúncio da suspensão das aulas foi dado, ele ficou feliz, calculando que teria uma aula a menos, quando, na verdade, o horário foi mantido, sendo apenas utilizado para outra disciplina. Essa forma de pensar de muitos jovens daquela época refletia o conceito da falta de utilidade prática de muitos ensinamentos que eram ministrados. Lembraram do que teria dito Jonas quando o professor de Geografia disse que na Ásia havia um rio colorido: "De que adianta essa informação? Eu nunca vou nadar nesse rio e, se um dia eu for, algum jacaré me pega". Foram se sucedendo lembranças daqueles tempos, provocando risos e gerando descontração.

Essa lembrança levou o assunto para a tão badalada reforma do ensino. Voltar os estudos para uma finalidade mais objetiva, adequada às necessidades de nossos dias. Foi comentado que, nas conclusões de cursos, um dos lemas mais utilizados era "não aprendemos para a escola, mas para a vida", isto, escrito em latim, dava certa pompa, mas não conferia muita importância, pela falta de objetividade.

Como o assunto entrou em experiências, incluindo nessa matéria a reforma do modelo jurídico, Miguel lembrou que a justiça ainda conserva muito do Direito

Romano. Foi quando Jonas, aproveitando a deixa, concluiu:

— Entendo que a mesma fonte influenciadora contribuiu também para a política, ensinando o errado para ser praticado por alguns de nossos representantes.

Vladimir lembrou que o personagem considerado o pai da política moderna é Maquiavel, que instituiu o raciocínio de que "os fins justificam os meios". Foi a tônica para o assunto se direcionar na pauta das grandes reformas, o que, invariavelmente, ocorria sempre que se encontravam naquele misto de jogar conversa fora e salvar o mundo.

O assunto migrou para as atividades esportivas, destacando as habilidades do grupo, todos integrantes da equipe de futebol de salão. Alguém lembrou que, da equipe que formavam, estavam todos ali, menos Valmor, que deixou de comparecer aos encontros. Segundo consta, ele estaria trabalhando fora. Havia conseguido um emprego num diretório político e, segundo consta, ganhou as graças do parlamentar e da filha deste, passando a cortejá-la. A coisa evoluiu para namoro e logo se converteu em compromisso, aquilo de troca de anéis e visitas domiciliares. Alguns diziam que Valmor se afastou do grupo quando alguém se referiu a ele como "candidato a genro do Estado".

— A situação de Valmor – falou Vladimir – é provisória. Se o compromisso dele evoluir para casamento, ele deixará de ser assessor no diretório, porque, para evitar a classificação de nepotismo, a esposa conseguirá para ele uma nomeação em algum setor do funcionalismo público onde não ficará dependendo da reeleição do sogro.

A APRESENTAÇÃO

Conforme foi dito anteriormente, Vladimir era funcionário público e lecionava História na escola. Jonas possuía uma loja de material esportivo e Miguel, formado em Direito, mantinha um escritório jurídico. Já Jaques, esteve muito tempo no interior e, em razão disso, tinha-se mantido afastado do grupo. Foi ele que abriu a conversa:

— É muito bom reencontrar vocês. Depois que ingressei na Faculdade, foram poucas ocasiões. Logo no início dos estudos, consegui um estágio, em princípio para ajudar nas despesas, depois, por conveniência, pois aprendi a usar melhor o meu tempo. Inclusive o meu aproveitamento escolar melhorou. O estágio que consegui foi em uma fábrica de papelão. Essa experiência foi útil em meu primeiro emprego, numa produção de isolante acústico, quando tive que me deslocar para o interior do Estado. O primeiro contato não foi dos melhores. A empresa, de cunho familiar, tinha um presidente e três diretores. O presidente seria o capitalista proprietário e os diretores os três filhos, diretamente emergentes das universidades, sem nunca terem começado como funcionários. O patrimônio da firma havia sido gerado pelo avô e, à primeira vista, se afigurava aquela máxima: "avô rico, pai nobre, filho pobre". Com alguma dificuldade, consegui convencê-los de que, embora os negócios fluíssem satisfatoriamente, seria importante acompanhar o progresso da tecnologia e diversificar a produção, explorando o mercado do isolamento térmico, atentando para o material a ser utilizado não constituir risco, assegurando qualidade ao que for produzido e alterando aquele velho chavão: "em time que está ganhando não se mexe, procura-se melhorar". Hoje, a empresa está bem, já pensa em instalar filiais em outras localidades, mas eu estou desligado. Voltei a morar na capital e, junto com outros colegas, montamos uma firma de assessoramento técnico, prestando orientação a diversas empresas, uma atividade que está em franca evolução.

– Já que falamos em experiência – disse Vladimir –, outro dia um aluno, na prova de História, fez uma narração perfeita a respeito da guerra entre Roma e Cartago. Ocorre que a prova pedia outro combate. Como a exposição do aluno foi excelente, fiquei em dúvida, primeiro: se deveria considerar; segundo: se ele tiver este tipo de distração mais tarde, o que é que ele poderá ser na vida?

– Entendo que o aluno pode ter-se enganado ou confundido o tema. – disse Jonas. – Mas, também pode ter sido malandragem. Quanto à nota atribuída, fica a teu critério. Quanto ao futuro, se foi esperteza, existe um mercado muito propício para esse tipo de comportamento: a política.

– Pelo visto – falou Miguel –, estou desconfiado de que vamos incluir nossos representantes na pauta dos assuntos hoje.

– Por sinal – falou Vladimir –, estamos estarrecidos com o andamento dos trabalhos dos nossos deputados. Não entendemos, por exemplo, quem tem mais poder de decisão no governo: se o Presidente da Nação ou o Presidente da Câmara. Pois se este último pode destituir o outro, apenas obtendo maioria dos deputados, tornando a participação popular nula na eleição do primeiro mandatário. Isto, levando em consideração que ele tem autonomia para decidir se coloca esta matéria em votação.

– Existe outra possibilidade de alterar a preferência popular – falou Miguel. – Se o vice for mais conveniente aos interesses dos deputados, o Presidente da Câmara põe o pedido de afastamento do Presidente da República em pauta para oportunizar a posse do vice, desprezando a votação de alguns milhões de eleitores. Para essa possibilidade, basta combinar com as bancadas.

– De fato, compete ao Presidente da Câmara – disse Vladimir – decidir o que fazer com eventuais pedidos de afastamento (*impeachment*) do primeiro mandatário. A ele cabe colocar em pauta ou simplesmente arquivar. Não sei dizer se o teor desses expedientes é compartilhado com os demais parlamentares.

– Eu gostaria de lembrá-los – falou Jaques – que os políticos que lá estão chegaram por um processo eleitoral, que, na minha opinião, apresenta algumas particularidades: o número de parlamentares não é definido pelo eleitor; a composição do plenário não se altera, mesmo tendo em consideração as abstenções, os votos em branco e nulos. Mesmo assim, se existe alguém culpado, é o eleitor. Ou porque tratam a matéria de forma superficial ou não dão a seriedade que merece.

– Eu concordo em parte com isso – disse Vladimir –, pois entendo que a campanha não expõe o candidato de forma satisfatória. O conhecimento que se tem deles é baseado no que dizem através da propaganda na mídia. Para os cargos em disputa de maior relevância existem os debates, que seriam definitivos para a escolha do eleitor.

– Pois eu tenho minhas reservas quanto a isso – falou Jonas. – No debate um candidato insulta o adversário, diz o que quer sem nenhuma comprovação do que está afirmando. A bem da verdade, existe a presença de um mediador que, ao invés de confirmar ou corrigir as afirmações feitas, ao se dirigir à outra parte, limita-se a dizer: "o senhor tem oito minutos". Para mim, isto é trabalho de cronometrista.

A ORIGEM

– O termo *democracia* – destacou Vladimir – tem origem na Grécia, pela unificação de duas palavras: *demo*, que significa povo, e *cracia*, que corresponde a governo, já adaptadas ao nosso idioma.

– Agora – observou Jonas – se formos considerar o que se vê por aí, o termo *demo* está mais para uma forma reduzida de capeta, que, ao invés de significar governo do povo, o que temos é mais um regime das trevas, quando se faz presente uma atitude permanente de pessoas que ocupam postos administrativos se julgarem poderosos suficientes para realizarem as maiores barbaridades.

– O problema – argumentou Miguel – é que a lei favorece essa situação. Nós temos uma Constituição que rege o que pode e o que deve ser feito no País. No meu entender, esse documento deveria ser elaborado pelo povo e não pelos políticos. Em alguns países esse documento é submetido, em plebiscito à população e, não raro, é reprovado pelo simples fato de que os legisladores não atenderam ao anseio da população.

– Isto que disseste – continuou Vladimir – corrobora a frase atribuída a um famoso contraventor que "simplesmente não entendia por que alguém fraudava a lei para atingir seus objetivos. Era só procurar as brechas."

– E quando elas não existem – complementou Miguel – se faz necessário criá-las na elaboração da Carta Magna. Para essa providência não falta talento entre os constituintes. Já ocorreu, não lembro onde, que a Constituição elaborada cuidadosamente em quase um ano omitia a possibilidade de a população fazer qualquer alteração por própria iniciativa, devendo qualquer proposição ser submetida ao Congresso. Mesmo assim, ficando impossibilitado de serem alteradas algumas cláusulas, chamadas *pétreas*, que envolviam, exclusivamente, direitos dos congressistas.

– Numa oportunidade – disse Vladimir – ocorreu que um grupo organizou um abaixo-assinado com mais de um milhão de assinaturas, dando uma relação dos assuntos que deveriam ser apreciados pelos parlamentares. Essa solicitação do público foi submetida ao plenário e, depois de alguns retoques, foi transformada em lei. Eu não lembro de que se tratava, nem como ficou.

– Já que estamos falando de origens – destacou Jaques –, eu pergunto de onde surgem os políticos? A que espécie de teste são submetidos? Ou, então, que formação lhes é exigida? O cidadão comum precisa realizar estudos básicos, buscar ensinamentos complementares para se inserir no mercado de trabalho. Tudo isso para concorrer com outros candidatos também interessados. Já o político, uma vez eleito, graças a uma propaganda gratuita, que consiste na publicação de uma foto, sem nenhuma referência à experiência laboral anterior, assume a posição de representante do povo, facilmente esquecida após eleito, e ainda se dá ao direito de nomear assessores, com a liberdade de poder fixar ou determinar seus salários.

– Volta e meia – começou Jonas – alguém sentencia que o povo não sabe votar. Na verdade, a informação que recebe dos candidatos é muito superficial. Houve uma época em que era permitido afixar propaganda eleitoral nos postes de iluminação. Num pleito houve votação em um bicho. Eu não sei dizer se foi protesto ou confusão, porque na época era costume dizer que os resultados da "loteria zoológica" também eram afixados nos postes.

– Creio que estamos desconsiderando o recurso mais utilizado nas campanhas – disse Miguel. – É o chamado *voto de cabresto*. Um partido convida uma pessoa bem popular, no ramo do esporte ou das artes em geral. Este vai ser o eleito para alavancar a votação da legenda, e, com isso, levar muitos outros chamados *caciques* na eleição a obter ingresso nas câmaras. A participação desse candidato popular na Assembleia nem sequer fica conhecida. Afinal, a missão de elevar a votação da legenda já foi cumprida.

– Pois eu entendo – atalhou Jonas – que o principal atributo de um candidato a político é o discurso. Eu tenho um conhecido, metido a poliglota, que chama esse artifício de *enrolation*. Vem a propósito uma questão que sempre me intrigou: nunca vi um político encabular, mesmo submetido às mais constrangedoras perguntas.

A explicação para isso – disse Miguel – me foi dada por um professor na Faculdade de Direito. Ele, num daqueles intervalos entre as aulas, disse que um advogado nunca deveria perder a tranquilidade, principalmente na sustentação de uma causa. Nessas situações, ele deverá adotar o comportamento do repentista ou trovador: treinar algumas matérias impactantes, focando projetos, numa espécie de esqueleto. Esperar a pergunta ou afirmação da outra parte, repetir a frase inicial do oponente, desviando a atenção da continuação do assunto que está sendo questionado e, na maior tranquilidade, desenvolver o texto preparado.

– Uma questão que surgiu numa roda de amigos – disse Jaques –, o que apareceu primeiro: o segundo turno nas eleições ou a proliferação dos partidos? A conclusão a que chegamos é que o aumento do número de partidos veio depois. A explicação é simples: quando um político não é eleito, no segundo turno dará seu apoio a um dos dois candidatos que estarão em disputa e poderá ser aproveitado no gabinete de um parlamentar, ou num outro cargo, na base de nomeação, no esquema vulgarmente conhecido como *loteamento de cargos*.

A ADMINISTRAÇÃO

Lá pelos anos cinquenta, destacado empresário da mídia do grande centro foi recepcionado com muitas homenagens em sua visita ao sul. Ao fazer uso da palavra, limitou-se a estimular a produção agrícola para o Estado, o que não foi recebido com muita simpatia.

Era prática, naqueles tempos, concentrar o processo de desenvolvimento do País em poucos grandes centros, o que não contribuiria para o harmonioso crescimento da nação. Dentro desse panorama, foi naturalmente estimulado um acentuado movimento migratório para essas localidades, beneficiadas na concentração de um parque industrial, múltiplas oportunidades de emprego, mas, com o inevitável crescimento desordenado dessas grandes cidades e o surgimento de novas ruas, num processo precário de urbanização, notadamente em instalações elétricas, hidráulicas e sanitárias.

Foram, também ocupadas, devido à dificuldade dos transportes, as baixadas, encostas dos morros e outros locais inadequados à construção de moradias. A consequência desse destempero, aliado ao descaso na falta de canalização das águas pluviais e servidas, foram as cheias, devido às chuvas, acumuladas nas baixadas, e o deslizamento das encostas, provocando perdas materiais e humanas.

Após esse relato realizado por Vladimir, focando o detalhe da urbanização de grandes centros, ficou a matéria como assunto a ser abordado.

– É evidente neste caso – falou Miguel – o que caracteriza o nível de capacidade administrativa de nossos dirigentes. A concentração urbana em grandes centros facilita muito a vida dos governantes, que não necessitam se deslocar para outras localidades e investir na construção e manutenção das estradas. Outros limitam-se a adotar, no estrito espírito do colonialismo moderno, a cessão do nosso solo para empresas que se dedicam à mineração, porque não têm a mínima criatividade. Isso corresponde à prática do arrendamento, que substitui a renda produzida pelo trabalho em troca de uma mínima retribuição pelo aluguel do território. O grande problema, nesse caso, é que, exauridas, as terras são devolvidas após o processo de extração de nossos recursos minerais, com o depósito inadequado dos entulhos, normalmente na forma de montante, com risco iminente de ruptura, causando danos ao meio ambiente e provocando a contaminação de nossos rios. Esses investidores particulares atuam dessa forma contando que, em caso de desastre, a justiça aqui praticada é lenta e as soluções dadas normalmente ocorrem por acordo entre as partes, isso decidido mais pelo cansaço dos prejudicados, em decorrência da demora das decisões judiciais.

– Você falou que a justiça é lenta – disse Vladimir. – Isto tem a ver com aquele tal *pedido de vista*?

– O pedido de vista só ocorre nos Tribunais Superiores – falou Miguel. – Isso quando assuntos polêmicos são postos em votação do colegiado. Esse recurso não tem prazo, ficando a critério do Ministro a manifestação após ter apreciado a matéria. De igual forma, a justiça, em geral, também trabalha sem o estabelecimento de prazo. Os pedidos de vista, na opinião de alguns, é de que se trata de um artifício para postergar a votação, num evidente propósito de retardo.

– Esse retardo, nos casos em questão – questionou Jonas –, é de natureza pessoal ou de processo?

– Admitir retardo de cunho pessoal é exagero – falou Miguel. – Eu entendo que o Ministro assim procede, porque, para robustecer seu parecer sobre o assunto, pede a seus assessores para pesquisar a jurisprudência existente e, após, manifestar a sua posição. Agora, quando o tema em questão é polêmico, o tempo para esse parecer se estende demais, dando margem ao comentário de que o assunto está sendo "empurrado com a barriga".

– Voltando à prática da antigestão, sendo ou não generalizada – falou Jaques –, os administradores não descartam a possibilidade de nomear assessores naquele processo chamado *cabide de emprego*, onerando a folha de pagamento e levando prejuízo à municipalidade.

– Essa ocorrência é muito comentada – falou Vladimir. – Ficou muito em moda também, a par da terceirização já citada, a privatização de setores da função pública, porque não se justifica o Estado desempenhar essas atividades, sendo mais compatível com a atividade privada.

– Até aí, tudo bem – falou Jonas. – O que eu estranho é a facilidade com que a transferência a terceiros que almejam esses serviços é realizada. A julgar pelo preço e rapidez com que são vendidos, gera desconfiança que nesses processos todos corre um *purfa*.

– Esta hipótese de alguém sair lucrando – disse Jaques – não é descartada, pois as circunstâncias sugerem oportunidade em fazer bom negócio, independentemente de concorrer algum elemento encorajador, o *por fora* sugerido pelo Jonas.

– E por falar em bom negócio – disse Vladimir –, ainda não entendi como funciona essa modalidade de concorrência favorecida.

– Eu imagino que seja assim – Falou Jaques. – É aberta a inscrição para empresas concorrerem ao asfaltamento de uma estrada. O edital dá todos os detalhes, como localização, extensão e outros requisitos. Uma empresa, ao apresentar a proposta para realização da obra, ouve da pessoa encarregada da recepção: "de quanto é sua proposta?" Supondo que ele diga duzentos e oitenta milhões. Ouve então: "Para sua oferta ser vencedora, a proposta deve acrescentar mais uns cem milhões para o partido". O empresário, superando o impacto da proposta, concorda com a alternativa e pergunta se deve alterar o valor para quatrocentos milhões. Para fechar o negócio, o funcionário informa que a proposta deve ser de quatrocentos e dezoito milhões, cento e oitenta e quatro mil, duzentos e vinte e sete reais e noventa e dois centavos, sendo trezentos milhões para o concorrente, cem milhões para o partido, cabendo aos agentes esses *quebradinhos* a mais.

– A qualidade da obra não entra em consideração? – Quis saber Vladimir.

– Isso passa a ser aspecto secundário – disse Jaques.

– Na verdade, a construtora já não vai botar muito empenho na obra, pois ficou sabendo que o objetivo maior não é a melhoria das estradas.

Isso explica, em parte, o dinheiro das campanhas – falou Jonas. – E por falar em campanha, eu tenho curiosidade em saber o que significa a expressão *solução de continuidade*, muito usada pelos candidatos.

– Na realidade – falou Jaques –, é uma das bandeiras mais utilizadas pelos candidatos do partido que está no poder. E simplesmente quer dizer que, se houver mudança de comando no governo, as obras já iniciadas poderão ficar sem continuidade. Esse posicionamento é um recado direcionado às empresas encarregadas dessas obras para comparecer na campanha, considerando seu interesse na manutenção dos serviços que estão sendo prestados.

– Esse comportamento explica a quantidade de obras que não foram concluídas – disse Vladimir. – Os partidos até já têm a desculpa pronta: "Não concluímos porque a população não quis". Quanto ao fato de o partido que assume o governo não concluir a obra iniciada pelo outro, a justificativa é de que o crédito da obra concluída vai para a legenda que iniciou a construção. Isso, em política, por melhor que seja o projeto, simplesmente não existe.

– Quanto à empresa que financia partidos nas campanhas, o retorno das doações ocorre através do valor a maior cobrado pela execução das obras – falou Miguel.

– Após, concede *mesadas* aos dirigentes políticos e ainda apresenta grande lucratividade. Para isso existe uma única explicação, que está na fonte de arrecadação: o nosso imposto.

– O pior de tudo, nesse processo – disse Vladimir – é como se torna fácil propor e aceitar suborno ou seja lá o termo adotado.

– Dizem que a técnica utilizada – dizia Jonas – na concessão de um benefício para alguma carreira é simular o fato como reconhecimento do mérito, de forma que as pessoas beneficiadas não sintam constrangimento em aceitar essa regalia, desconsiderando a implicações que podem estar ocultas. Nessas horas seria prudente atentar para os ensinamentos do cancioneiro litúrgico: "Quando a esmola é muita o Santo desconfia".

– Para muitos – falou Jaques – ser escolhido para tomar parte num projeto dessa natureza constitui um diferencial no tratamento para com os demais. Para abrandar seu caráter, preferem se sentir privilegiados. Agora, admitir essas práticas já revela que alguma coisa deve e precisa ser mudada.

– Isso em nível de empresa – disse Miguel –, entra no conceito de *oportunidade* na concorrência. Agora, quando se trata de algo particular, envolvendo a absurda regalia que consiste na isenção do imposto pessoal, o dano é maior, diria estrutural, pois atinge diretamente a dignidade do indivíduo, que passa a ser um cidadão pela metade, que possui direitos, sem a obrigatoriedade de cumprir seus deveres.

– *Pera* aí! – disse Jonas. – Que novidade é essa? A política agora inventou o *sonegador legal*?

A IDEOLOGIA

– Outro dia – começou Jonas – estava passeando no parque, quando vi um grupo de meninos disputando uma partida de futebol. A minha surpresa foi notar, após alguns instantes, que estava inclinado a torcer por uma das equipes. Acho que é uma tendência do indivíduo desenvolver simpatia por algo.

– Essa é a inclinação natural da humanidade – falou Vladimir –; que popularmente definimos por *gosto*, a todo momento estamos exercitando quando elegemos livros, música, filmes, entre outras coisas de nossa preferência. Quando tratamos pessoas, definimos simpatia para amizades, ou algo mais profundo, quando encontramos amor. E assim vamos somando relações que podem ser momentâneas ou duradouras.

– Com relação a pessoas – falou Jaques –, construímos uma sociedade, normalmente homogênea, dentro de nossa turma de escola, ambiente de trabalho ou atividades sociais no clube que frequentamos ou no bairro em que moramos. Por grupo homogêneo entendemos pessoas que respeitam as particularidades de cada indivíduo no tocante às preferências, havendo maior sintonia quando uns se identificam com os outros na seleção de atividades esportivas ou sociais. O problema surge quando alguém leva a preferência a extremos, digamos a nível de fanatismo, tornando-se complicada a relação com os demais. Se o assunto, quando debatido, for esportivo, os resultados de campo praticamente desfazem qualquer tipo de discussão. Agora, se a matéria for política, a coisa se complica, porque a perspectiva de concordância chega a ser frustrante, com mínimas possibilidades de solução. Não existe argumento que convença a outra parte. Eu, particularmente, não vejo a possibilidade de entender as pessoas envolvidas com a política, tão arraigados e determinados em seus posicionamentos. Enquanto o povo só serve para dar condições para que os políticos exerçam sua função de representação. Depois de eleitos, aquele discurso de defesa dos interesses populares fica em segundo plano se, antes disso, não for esquecido.

– Eu já estou decepcionado há muito tempo – disse Miguel. – Antes da eleição, os candidatos vão nos bairros, prometem canalizar o esgoto, trazer eletricidade e água tratada e mais uma série de vantagens. Depois de eleitos, formam bancadas para definir seus próprios interesses, e todo aquele papo de defesa da comunidade vai para o espaço.

– Pois teve um que, eu acredito, foi sincero – falou Jonas. – Ele se referia ao seu eleitorado como *curral eleitoral*, dando a entender que, na hora da eleição, o povo comparecia na mesa eleitoral que nem gado indo para a invernada.

– Isso eu nunca ouvi – disse Jaques. – Esse tratamento referido por Jonas para mim é novidade. Agora, a bem da verdade, as promessas de campanha são esquecidas. Isso porque aquele regulamento de *propaganda enganosa* não se aplica em política. Ainda não sei por que insistem nos programas eleitorais por rádio e televisão. Será que existe alguém que ainda acredite naquelas maravilhas declaradas nas campanhas?

– E como existe! – falou Miguel. – Muitos ainda comparecem às urnas porque foram seduzidos pelas promessas contidas nos discursos. Não se trata de ingenuidade, mas de esperança que, de fato, alguma coisa mude em suas vidas. E passa ano e mudam nomes, mas a indefinição permanece ou aumenta. Ainda continua vigente a fórmula política de vender ilusões.

– Nesse terreno – falou Jaques –, muita gente trabalha a ingenuidade das pessoas com ameaças de um perigo maior. Eu pensava que o papo de combate ao comunismo já estava ultrapassado, mas, quando menos se espera, alguém traz de volta a matéria, na esperança de, sob a iminência de um mal maior, obter alguma vantagem. A história provou que o comunismo é uma grande, senão a maior, farsa. Líderes, sem nenhuma qualificação, submetem diversas pessoas utilizando a truculência como argumento, semeando campos de concentração, retirando-lhes a possibilidade de ter propriedades, a liberdade de ir e vir, tolhendo suas iniciativas e colocando todos num mesmo padrão de vida. Eu acho que a utilização da expressão *comunismo* como bandeira, hoje em dia, está mais para recurso de imagem ou *griffe*. O perigo maior no disfarce em dizer que existe ameaça de retorno do comunismo está no que vem por trás disso.

– O argumento que nessas ocasiões é utilizado por eles – disse Jonas – é que, no comunismo, embora escassa, não faltava comida para ninguém.

– Nas senzalas também não – concluiu Vladimir.

O SALÁRIO

O assunto derivou para a grande diferença entre os salários dos trabalhadores e os dos dirigentes e funcionários do alto escalão. Foi Jaques, que, invocando sua experiência anterior, comentou:

A concessão de altos salários, no início de uma carreira, não é prática recomendada. Isto, se aliado a uma falta de experiência na profissão, desestimula uma maior capacitação e aumenta a ânsia de salários maiores, independentemente do mérito de sua atuação. É muito comum encontrarmos pessoas com altos rendimentos reivindicando aumento, não porque necessitam, mas para não estacionarem num determinado padrão. Ocorre, não raro, a ocorrência de um distúrbio no equilíbrio emocional, que vai gerar graves consequências, provocando uma incontrolável necessidade de, cada vez, ganhar mais. Isso ocorre, com frequência, no serviço público. Os dirigentes, além de deterem os mais altos salários, ou subsídios, entendem ser muito importantes para aquela tarefa tão simples, e, nesses casos, delegam as atividades para um assessor, com salário bem mais inferior, sem abrir mão de seus proventos, é claro.

– Eu entendo – disse Jonas – que ganhar mais passa a ser um objetivo de toda pessoa, se considerarmos o capitalismo como padrão adotado por muitos países.

– Eu tenho outra concepção. – seguiu Jaques. – O dinheiro só é bom quando remunera, na medida justa, o trabalho realizado. Fora dessa regra, pode até trazer malefícios. Pois é muito comum gente que nada produz e que aufere grandes rendas apresentar distúrbios emocionais, sendo o mais comum a insensibilidade para com os outros. Eu vou contar para vocês algo que ouvi enquanto estava no interior. Não sei se, de fato, aconteceu. O prefeito convocou seus assessores e informou que a arrecadação do mês estava baixa e que teria que parcelar os salários dos mais bem remunerados. Ouviu, então, de um assessor: Chefe, eu acho que deve parcelar os salários dos que ganham menos, pois eles já estão acostumados a lidar com o pouco que recebem. E, segundo me contaram, foi isso mesmo o que ocorreu.

– Por mais inacreditável que possa parecer – disse Miguel –, mas é bem possível que isso possa ter acontecido. Eu ouvi também algumas histórias sobre o comportamento da administração pública. Cito uma: um recém-eleito prefeito, querendo dar cunho de integração ao seu trabalho, convidou algumas pessoas destacadas da cidade para serem seus conselheiros. Programou uma reunião com diversos desses membros que aceitaram a ideia e ouviu, atentamente, o que tinham para lhe dizer. Entre opiniões e sugestões, uma foi unânime: a máquina administrativa precisava ser enxugada; havia um número excessivo de assessores pesando no orçamento do Município. Como esses funcionários eram indicação do partido, a sugestão foi desconsiderada e o conselho deixou de existir.

– Algo que sempre me intrigou – disse Jaques – foi o fato de algum setor do serviço público receber aumento diferenciado dos demais, não sendo justificado como reajuste ou reposição. Essa prática pode ser classificada como aliciamento para fins eleitoreiros ou, o que é pior, para obter conivência em alguma coisa não muito republicana a ser praticada. Isso também se reflete nas nomeações de pessoal, quando ocorre alguma interferência.

– Pensando bem – falou Jonas –, todo processo de estudo a que nos submetemos para projetarmos o futuro poderia ser dispensado se adotássemos a facilidade da filiação partidária. Como diz o cancioneiro popular, "não requer prática nem habilidade".

– É indispensável personalidade para aceitar as exigências da função – concluiu Jaques, que continuou: – Por falar em prática, lembrei-me de outro fato também ocorrido no interior: estávamos conversando num grupo quando o representante de um partido chegou para pedir apoio ao candidato indicado pela coligação que representava. O nome era conhecido, até demais, pois era muito popular. Questionado por sua experiência anterior para avaliarmos a indicação, o representante limitou-se a dizer que a ideia era utilizar um nome bem *badalado* na cidade para vencer a eleição e que o desempenho da Prefeitura era realizado pela equipe que integrava a *máquina administrativa*, que é formada por profissionais previamente selecionados por meio de concursos e que respondem perfeitamente sempre que necessário.

– Isso que foi dito tem um significado muito importante – falou Vladimir. – Que a ingerência política não poderia intervir na estrutura administrativa. Caso contrário, a cada eleição deveria ser substituída, pelo menos por uma questão de lealdade. Os elementos filiados ao partido deixariam o governo, sem o que comprometeria os serviços prestados pelo Município. Da mesma forma, deveria ser impossibilitada a contratação de pessoas que desenvolvam vinculação ou ativismo político.

O DICIONÁRIO

Vladimir contou que na repartição em que trabalha tem um funcionário conciliador para as questões levantadas para não prejudicar o andamento dos serviços. Toda vez que surge uma discussão sobre o significado de alguma palavra, ele procura solucionar da seguinte forma: busca o dicionário e lê as observações que ali constam. Se o que está registrado não contempla o que algum afirma, ele faz uma anotação em papel com a seguinte redação: de acordo com o lexicólogo (nome do autor das interpretações que divergem do que consta no dicionário), o verbete pode também significar (descreve a interpretação diferente) e coloca a observação dentro do dicionário. Pouco tempo depois, esta anotação desaparece.

– Não deixa de ser uma postura interessante – disse Miguel. – No vocabulário jurídico algumas expressões divergem do sentido comum em que são usadas. Quando um Juiz, por exemplo, se declara incompetente, em absoluto ele afirma que não está preparado para tratar aquela matéria, mas sim que existe algum impedimento qualquer.

— Se esse funcionário que o Vladimir referiu – disse Jonas – trabalhasse num diretório político, o dicionário dele deveria ficar bem mais recheado. Assim, o termo *prerrogativa* pode abranger uma infinidade de significações quando especifica os direitos da classe política. Pode significar *monopólio* quando estabelece que somente os partidos podem indicar os candidatos aos diversos cargos eletivos. Também não podemos negar que o dicionário ficaria revestido de maior refinamento. Assim, palavras ásperas, como *estelionato* e *safadeza,* ficariam substituídas por termos mais elegantes, como *rachadinha* e *jabuti*.

— Também serve para classificar, de forma mais branda, as decisões do primeiro mandatário – disse Jaques, – como, por exemplo, nomear juízes dos tribunais superiores e embaixadores, interferindo nas disposições exigidas para as referidas carreiras, como concursos e outros processos seletivos. Assim, se um cidadão comum ingressa nessas carreiras sem prestar as provas regulamentares, ele comete fraude, sujeito às penas da lei. Agora, se o chefe do Executivo indicar alguém para o mais alto cargo do Judiciário, apoiado somente no fato de o candidato ser detentor de *notável saber jurídico,* então se classifica como *prerrogativa.*

— Então – disse Jonas –, o mais irônico desse processo é a forma de como isso se dá no âmbito político: o chefe do Executivo faz a indicação de um nome para um posto da mais alta relevância e uma comissão do senado submete o candidato à aprovação. Se considerarmos que esse candidato será quem irá julgar, num eventual processo, algum membro dessa comissão julgadora, fica implícita a recomendação "vê lá o que tu vai fazê", na hora de ser referendado aquele indicado.

– Vocês estão abordando o lado mais ameno dessas *bondades* – falou Miguel. – Por acaso vocês já ouviram falar a palavra *anistia*. Ela serve para absolver qualquer delito. Houve época em que somente era utilizada para relevar faltas disciplinares em decorrência da atuação no plenário.

– Sem a menor dúvida – falou Jaques, – num cenário político esse colega conciliador do Vladimir iria entrar em parafuso, com tanta variação do sentido das palavras.

A APOSENTADORIA

Uma coisa não entendo – disse Vladimir: – se, segundo a Constituição, todos os cidadãos são iguais, por que as aposentadorias são tão diferenciadas?

– Essa questão de igualdade – disse Miguel – é relativa. Já teria dito Ruy Barbosa: "Perante a Lei, todos são iguais, porém uns são mais iguais que outros".

– Nesse e em outros casos – disse Jaques –, prevalece o critério de quem faz as leis e para quem elas são feitas. O homem, embora lhe seja atribuído um crescente processo de evolução, ainda não aprendeu que uma sociedade só é justa quando todos participam de um mesmo sistema de direitos e obrigações. Nessas ocasiões, entra em consideração o fator *privilégio,* que notadamente algumas pessoas atribuem a si mesmas, na maior parte das vezes de forma injustificada, a fim de auferir vantagens indevidas.

– Essa história de sociedade justa – falou Jonas – é conversa mole para enganar os incautos. Pelo menos eu ainda não senti isso. Existem idealistas que apregoam a igualdade entre os homens, mas eles são poucos e ainda considerados fora de contexto.

– Para a classe trabalhista – disse Jaques –, o índice para cálculo da aposentadoria é o da inflação, calculado anualmente. Esse índice também é considerado para estabelecer a rentabilidade da caderneta de poupança e para corrigir o valor do salário mínimo. Cabe à equipe econômica do governo estabelecer esse índice.

– É claro que, vez ou outra – disse Jonas –, por uma questão de imagem, o governo convoca a turma da *marreta* para dar uma redução nesse índice.

– Outra estratégia do governo – disse Miguel – é reduzir o valor máximo da aposentadoria. Alguns devem pensar que tributarão sobre um valor menor que seria o teto do pagamento dos benefícios, mas esquecem de que já contribuíram a mais e, na hora de se aposentar, receberão até aquele valor que foi corrigido.

– Ao passo que – falou Miguel – a aposentadoria de outras categorias é bem diferenciada, em critérios e valores. Tudo vai girar em torno daquela fórmula de que já falamos anteriormente, que trata especificadamente da autoria do processo.

– E acima de tudo – falou Jonas – é o mistério que cerca a concessão desses benefícios quando diferenciados. Alegam que é um esclarecimento desnecessário, pois o povo não precisa se preocupar com questões de menor importância.

O COMANDO

Foi Vladimir que passou a analisar o sistema democrático que vigorou em muitos países no curso da história, em que pese muitos desses regimes não serem tão democráticos, apesar de assim se intitularem:

— Toda vez que algum grupo se forma, alguém se destaca e começa a dar ordens aos demais, que passam a ser seus comandados. Aquele, considerado líder, chega a essa situação por **atributos pessoais, poder de oratória** ou **feitos realizados**. Alguns usam e abusam do recurso da truculência para serem ouvidos e obedecidos. A história é farta em documentar que essa característica registrou os piores governos. Em regimes totalitários essa ordem é imposta, não representando, em absoluto, a vontade popular. Não raro, esse sistema forçado disfarça a incapacidade pessoal de administrar. Entretanto, não são poucas as ocasiões em que a imposição desse sistema opressor é recurso utilizado para dissimular falhas ou delitos cometidos, próprios ou de familiares. Oportunamente, nessas ocasiões, o comandante elege um inimigo externo para esconder a sua culpa e, criando uma animosidade fictícia, busca unificar a população.

— Procuro entender — disse Jaques — a dificuldade que tem um historiador em relatar certos fatos como se realmente tivessem ocorrido. O ditador manda e o historiador registra.

— Na maioria das vezes — seguiu Miguel —, para afirmar a condição de dominante, esse comandante leva às últimas consequências a falsa imagem de um inimigo externo, em potencial de ameaçar a paz e a soberania de seu território. Em difíceis situações, com o mesmo projeto totalitário, cria argumentos em nada condizentes com a realidade, num único pretexto que é de submeter a nação que, pretensamente, constitui ameaça à pátria, aos horrores de uma guerra. Em algumas circunstâncias, o País que provoca o conflito projeta a ação sem considerar a capacidade de reação do inimigo. É quando temos a possibilidade de poder sentir o nível de sanidade mental do agressor, pois, na eminência de uma resposta eficaz do País invadido, ameaça recorrer a expedientes bélicos extremos.

— Isso quer dizer — falou Jonas — que se não for do jeito que ele quer, então não será de nenhuma forma. O que significa no popular *chutar o balde*.

— O irônico nesse processo — disse Vladimir — é que, realizados combates, a vida de muitos jovens perdida, esse mesmo líder, após o fim do conflito, comparece a uma cerimônia a fim de depositar um tributo em homenagem ao soldado desconhecido.

– Irônico e hipócrita – falou Jonas. – Desconhecido para ele, pois certamente entre aquelas vítimas não vai encontrar um conhecido sequer. Parente, então, nem pensar.

– É verdadeiro e lamentável o que disse o Jonas – falou Miguel. – A insensibilidade dos que comandam com os filhos dos outros se reflete nas formas quando equacionam os conflitos, produzidos por eles mesmos, na falta de competência para administrar a nação.

– O totalitarismo leva a isso – disse Vladimir. – Antigamente, embora não se justificasse, por dificuldade de comunicação, era mais fácil aceitar os argumentos manifestados pelos que comandam. Hoje em dia, com esse processo todo de globalização, é incompreensível que a população encontre justificativa para acreditar nesses líderes extremistas.

– Vocês esquecem – afirmou Miguel – que, apesar de tanta notícia e informação a respeito, ainda existem *clientes* para comprar bilhetes premiados, participar de pirâmides milionárias, entrar em diversos tipos de enganação e depois alegarem boa-fé.

– Também não se encontra explicação – falou Vladimir – no fato de a liderança política procurar manter sob submissão os poderes mais representativos da segurança pública, quer na produção de uma legislação específica, quer na promulgação da Constituição, atendendo a seu interesse. Por isso se faz necessário que o principal instrumento legal seja referendado pela população. Quando isso não ocorrer, não deveria ser considerado válido.

– Outra modalidade de interferência nos poderes – destacou Miguel – é a nomeação de membros para as cortes superiores de Justiça. Por exemplo, no caso de um juiz se debruçar em cima de um processo, efetuar o julgamento e condenar um réu por crime a dez anos de prisão, um juiz da suprema corte, nomeado pela política, conceder um *habeas corpus* na base de um convencimento pessoal. E quando alguém pede esclarecimento, ele simplesmente alega que "o rabo não balança o cachorro, o cachorro balança o rabo".

– Ele esquece de destacar – falou Jonas – que todo cargo em base a uma nomeação estabelece uma condição de fiel lealdade, submissão para quem nomeou. Ou seja, no popular, passa a ter dono. Assim sendo, a frase completa seria "o rabo não balança o cachorro, o cachorro balança o rabo, e, quando o dono manda, o cachorro murcha as orelhas e enfia o rabo entre as pernas".

– O mais incrível nesse aspecto – falou Miguel – é a quantidade de pessoas que se encontram nessa situação de servil dependência. É a preponderância da recomendação sobre o mérito. É o aviltamento da personalidade.

– Eu penso que já falei no meu amigo aprendiz de poliglota – disse Jonas. – Ele costuma classificar os que se enquadram nesse grupo na categoria *overleg*. Ele explica que a nomeação desses funcionários se deu em circunstâncias informais, por assim dizer: a assinatura da posse ocorreu no corredor, em cima da perna.

– O drama nesse caso – falou Vladimir – é quando esse tipo de influência chega a postos de comando.

– Alguém disse – falou Miguel: – Um mau soldado tem, quase sempre, um mau comandante. A História está cheia de casos de imprevisões nos conflitos. Estimativas feitas com base em informações erradas, deram resultado desastroso. O inevitável nessa situação é o acentuado número de perdas. Já disse um fatalista: no exército, numa guerra vitoriosa, quem morre é o soldado. Numa derrota também, porém em maior número.

– O problema maior – complementou Jaques – é que, por mais incrível que isto possa parecer, esses maus líderes conseguem a adesão de colaboradores, ou comandados, na mais firme lealdade, chegando a provocar um fanatismo sem medida, do que a história está repleta.

– Outra noite – falou Vladimir –, olhando a televisão, assisti a um filme antigo que focava combates da Primeira Guerra Mundial. Na cena, estavam os exércitos inimigos numa planície em trincheiras cavadas no solo. De um lado houve a ordem de surpreender o inimigo num ataque em massa. Ocorreu que o inimigo não estava descuidado e os invasores começaram a ser dizimados. Ao ver seus companheiros tombarem, um soldado entendeu iniciar um recuo para se proteger, no que foi seguido por outros combatentes. Tal atitude foi considerada como insubordinação. Esse soldado e outros dois foram levados a uma corte marcial e, num juízo sumário, foram condenados e sentenciados à pena de morte. O personagem no filme foi fuzilado. Não ganhou medalha. O ator que o representou recebeu um Oscar.

— Consta na história — falou Miguel — o relato de muitos fatos inadmissíveis ao nosso entendimento. Quando Herodes determinou o assassinato de meninos recém-nascidos, muita gente questionou o fato de essa ordem ter sido cumprida. Ocorre que a obediência nesse caso não é discutida, pois pode ser classificada como indisciplina e o comandado pode passar a ser julgado, como no caso do filme assistido por Vladimir.

— Também registra a história — falou Vladimir — uma frase de famoso comandante: "É fácil comandar homens livres; basta mostrar-lhes o caminho do dever". Entendo que isso faz parte do folclore, bem distante da prática.

— Pois eu penso — falou Jonas — que seria muito salutar não desviar desse caminho.

— Outro detalhe nesse assunto — falou Jaques — é quando a ordem implica ação muito comprometedora, como, por exemplo, realizar uma execução. O comandado fica numa terrível encruzilhada: cumprindo ou não a missão, ele se encaixa naquele grupo sujeito a ações posteriores, ou seja, ser eliminado dentro do esquema *queima de arquivo*. Daí, é muito importante saber a quem se está subordinado. Portanto, na vida, é muito prudente, antes de eleger nossos líderes, procurar saber quais são seus verdadeiros propósitos.

– Ainda dentro desse espírito de avaliar a ordem emanada e quem a dá – disse Miguel – deve-se considerar o peso que pode adquirir quando julgada. Assim, participar de alguma coisa ilícita, deixa de ser solidariedade ou corporativismo e passa ser conivência ou cumplicidade, submetendo-se o autor do ato como partícipe da ilegalidade cometida. Esse comportamento, alem de infringir disposições legais, pode significar o término de uma carreira, se a infração cometida ficar caracterizada como prevaricação.

– Outro posicionamento perigoso – continuou Miguel – é quando o corporativismo é generalizado, ou seja, em todas as situações. Pois, se alguma coisa errada for praticada, a ação executada individualmente e não punida passa ser de toda a instituição, ou do principal dirigente, da qual aquele infrator faz parte.

Foram citados alguns acontecimentos que, por sua natureza fugiam do normal. Algo que envolvia principalmente algum político, como aquele caso do parlamentar que pediu punição para o policial rodoviário simplesmente porque o havia parado na *blitz* que realizavam. Então disse Miguel:

– Muitos são os casos de abuso de autoridade. Um dos mais frequentes se encontra na administração pública.

Não sei se vocês sabem da história ou estória do *palmo e meio*. Vou contar: um grupo de pessoas estava conversando quando se aproximou o presidente de uma empresa. Questionado sobre o atual governante, ele teria dito que lhe faltava um palmo e meio. Alguns entenderam que era referência ao detalhe da altura, no entanto, um deles perguntou *em que sentido?* A resposta foi simples: *Em todos.* O referido governante ficou sabendo do comentário e simplesmente pediu para a secretária ligar para o gerente do banco estatal. Quando a ligação se completou, ele informou ao gerente que tinha tomado conhecimento da má situação financeira da empresa da qual o autor da pretensa piada era presidente. Resultado: a assistência bancária foi suspensa e a empresa quebrou, provocando a perda de trabalho para muitos empregados.

– Uma coisa que sempre me intrigou – falou Vladimir –, em uma ação de repressão, alguns soldados ou policiais são levados ao banco dos réus quando a ação resulta em violência ou crime. Será que eles agiram por conta própria? Será que não houve a ordem de algum superior? Será que, se assim foi, existe algum registro dessa ordem? Ao que me consta, nunca vi nenhum mandante sendo julgado. Eu penso que não é por modéstia.

– Até parece coisa séria – disse Jonas. – Eu fico imaginando um comandado recebendo a ordem de um superior para intervir numa aglomeração pública dizer para o chefe: "Por favor, poderia me dar esta ordem por escrito?"

AS REFORMAS

— Gente! — Foi Jonas quem começou. — Estamos ficando velhos! Já estamos aqui há mais de duas horas e não mudamos nada.

— Isso é algo que vem naturalmente — disse Vladimir. — Mas o mais importante de tudo é que nada que decidamos aqui seja divulgado aí fora.

— E a nossa liberdade de expressão? — continuou Jonas — como é que fica?

— A palavra *liberdade* é bonita — disse Miguel —, mas isso que o Jonas falou é via de mão única. Quando a autoridade usa é direito; se a declaração é do povo muda de cor. Pode ser conspiração ou ato subversivo. No fim das contas, adivinha para quem é que sobra.

— Então tá — disse Jaques. — Vai, Vladimir. Pode começar.

— Eu acho que já externei minha opinião hoje — começou Vladimir. — A reforma do ensino é mais que necessária. O aluno conclui etapas e ao sair da escola não tem preparação para a atividade lá fora. O ensino deveria ser diversificado. Ministrar conteúdos de formação e preparar o indivíduo para desenvolver conhecimentos indispensáveis para a fase laboral. Especificamente no conteúdo disciplinar, eu faria algumas modificações. Daria mais prioridade nas ciências exatas à prática do raciocínio lógico, pois, entendo, isto estimularia a criatividade. Para melhor compreensão dos assuntos, procuraria desenvolver a técnica de interpretação dos textos, facilitando o entendimento e desmitificando o palavreado de alguns, classificado como *enrolação* pelo amigo poliglota do Jonas.

– Isso é uma boa base de reformas a ser implantada – disse Miguel. – Já no meu campo, o trabalho seria bem mais complicado. Estruturas legais deveriam ser desmontadas. O problema maior é que, enquanto perdurar essa forma de governo, pouco ou nada se modificaria. Existe uma elite que dispõe as regras a serem seguidas, e disso ninguém se afasta um centímetro sequer. Depois, vem o detalhe da autoria. Quem faz as normas e para quem elas são feitas. Houve uma época em que ninguém poderia legislar em causa própria. Alguém lembrar disso agora é piada.

– Eu tenho uma dúvida – interrompeu Jonas. – Aquela verba parlamentar, apropriada para membros do Legislativo, não constitui desvio de função? Afinal, isso parece que é atividade do Executivo.

– O mais difícil na esfera política – continuou Miguel – é fixar limites. A cada dia somos surpreendidos por uma iniciativa dos nossos representantes, que cada vez nos representam menos. No tocante à atribuição de seus direitos, a fonte é inesgotável. E o pior de tudo é a contaminação. São muitas as ocasiões em que, nas eleições para diversos cargos, o candidato que prometer mais vantagens para a categoria é o mais votado. O desempenho pessoal dele é o menos considerado. Isso tem sido preponderante em parte do sistema eletivo.

– Se formos analisar o processo político – falou Jaques –, vamos precisar de muita paciência. Antigamente, o candidato apenas representava um segmento da sociedade. Hoje, tornou-se um agrupamento classista, além de constituir projeto familiar permanente. Com o vício das reeleições, então, política virou profissão, sem nenhum compromisso de mostrar serviço. Eles comparecem no ambiente de trabalho de forma diferenciada do trabalhador comum e, na base da nomeação, cercam-se de um número de assessores atendendo orientação própria e do partido a que estão vinculados. Na época das eleições, sem custo pessoal algum, então, o que se ouve é puro discurso demagógico, cujas promessas são esquecidas tão logo eleitos.

– O problema maior – disse Vladimir – é o registro que fica dessa atividade. E quando existem fatos escabrosos, resta o recurso de invocar sigilo. O que causa espanto é para essa finalidade se prestarem alguns legisladores.

– Estranha essa combinação: sigilo e serviço público – Jonas continuava. – Uma coisa que me intriga é esse *tratado de extradição*. Fica assim: o contraventor vai para uma nação com a qual não existe o tal acordo, pratica um delito, depois volta e encontra refúgio por aqui. É isso?

– Não é exatamente assim – disse Miguel. – Muito embora em algumas oportunidades isso aconteça. Mas, em política sempre tem um *mas*. Não raro, mesmo existindo tratado de extradição, o autor da infração não é expatriado para o País onde infringiu a lei. Explicação para isso, eu não tenho.

– Pois eu entendo que os direitos e deveres deveriam ser iguais para todos – disse Jonas. – No caso do processo das aposentadorias, por exemplo, de vez que de acordo com a Constituição, todos somos iguais.

– Aposentadoria é uma simples questão matemática – disse Jaques. – Anos trabalhados e contribuição recolhida nesse período definem o valor a ser pago. O que se observa hoje é um critério diferenciado para diversas categorias. Penso que uma simples fórmula matemática poderia aproximar uma das outras. Seriam atualizadas as contribuições para a previdência ao longo do período de trabalho em função do salário mínimo. Esse valor considerado pelo número dos anos de contribuição. Multiplica-se esse número por dez, tomando-se por base o índice padronizado, normalmente correspondente à porcentagem utilizada por ocasião do depósito previdenciário. Esse número corresponderá a dez vezes o total das contribuições durante todo o período laboral. Para definir o valor a ser pago, esse total deverá ser dividido pelo número que representará o mínimo de tempo exigido para obter direito à aposentadoria. Fácil assim.

– E quando alguém atuar em atividades de diferentes critérios de aposentadoria? – quis saber Jonas.

– Os valores nunca serão cumulativos – falou Jaques.

– Será prioritária a aposentadoria proporcionada aos celetistas.

– *Pera* aí! – disse Jonas. – Se uma pessoa já está aposentada numa atividade dessas diferenciadas e volta a trabalhar, no comércio, por exemplo, ela passará a centralizar sua aposentadoria toda na CLT?

– É isso aí – falou Jaques

– É, mas a *grita* vai ser enorme – arrematou Jonas.

– Eu disse que ia ser simples – falou Jaques – não falei que ia ser tranquila.

– E quem se enquadraria nas categorias especiais? – quis saber Miguel.

– Todos que lograrem ingresso por processos seletivos abertos à população em geral – falou Jaques.

– Isso, se depender de nossos representantes legislando, não se realiza – disse Miguel. – As costumeiras nomeações de apadrinhados, com vantagens e salários em níveis de Primeiro Mundo jamais serão objeto dessa alteração.

– Nisso eu também ia chegar – continuou Jaques. – No meu projeto, o serviço público não pode enriquecer ninguém. O inicial de cada categoria jamais seria alto. Esse método seria adotado como se fosse um estágio, para que o profissional adquirisse experiência. O que ocorre hoje é um universitário sair da faculdade sem prática nenhuma, com conhecimento apenas teórico, tomar decisões, não raro apoiado no parecer do assessor. Essa experiência eu pude constatar no período em que trabalhei no interior.

– Eu não sei se esse raciocínio pode ser aplicado – falou Miguel. – Seria uma transformação muito grande. Envolveria mudança na estrutura do serviço público.

– Eu sei – continuou Jaques. – Para justificar meu projeto, vou contar algo que me aconteceu quando fui à Capital Federal numa oportunidade. Quando entrei no saguão do aeroporto, um menino se ofereceu para carregar minha pequena mala. Ele me tratou de *excelência*. Aquilo foi muito desagradável para mim. Afinal, estava sendo confundido com algum parlamentar, que se empolga com essa forma de *paparico,* como diria o Jonas.

– Excelente deve ser o trabalho que prestam, não o tratamento que esperam receber – disse Jonas.

– Continuando o meu raciocínio – seguiu Jaques –, esse alto padrão salarial torna o servidor vaidoso, ao ponto de julgar os demais servidores a seu dispor como classe inferior. No meu projeto, com progressão das atividades, o processo de crescimento profissional se dará naturalmente, sem criar ou alimentar vaidades.

— Nesse projeto o inevitável é a redução da verba destinada aos gabinetes dos parlamentares — falou Vladimir.
— Eu acho que eles não vão gostar.
— Vão odiar. Não só essa parte. Todo o projeto — continuou Jaques. — Eu fixaria o rendimento máximo do servidor público em vinte salários mínimos, sem nenhum adicional. A contratação de assessores, somente em forma de estágio, adotado o mérito escolar como norma de seleção e, em decorrência, o fim sistemático das nomeações, em todos os níveis, com o cancelamento das existentes não revestidas de cunho científico, como, por exemplo, no campo das pesquisas, com aproveitamento satisfatório.
— Pelo visto — falou Miguel —, queres acabar com o Legislativo.
— Pelo contrário — voltou Jaques. — Quero ampliá-lo. Penso transformar todo cidadão em legislador. Hoje nós temos o lobista que assessora muitos parlamentares e que atua na apresentação de projetos. O governo será conduzido pela *máquina administrativa* que existe de forma estrutural. As propostas populares serão apreciadas e, se aceitas, serão adotadas pelo governo com um prêmio a ser conferido ao seu autor. É uma forma de se valorizar a ideia, não remunerar o provável legislador. Se for no âmbito civil, as ideias apresentadas ao departamento de marcas e patentes poderiam ser utilizadas por empresários, quando se eliminaria o trâmite da privatização.

— Puxa! — falou Jonas. — E como é que ficam as eleições?
— Não ficam! — falou Jaques. — Até agora não justificaram o tempo todo que exerceram o comando da Nação. Algum de vocês saberia dizer alguma coisa significativa que os sucessivos governos fizeram?
— Além da dívida, nada mais me ocorre — foi o lacônico comentário de Jonas.
— Bem lembrado, Jonas — falou Jaques. — E se considerarmos quem foram os responsáveis por esse *rombo* na nossa economia em todo tempo que lá estiveram, no exercício daquela consagrada *irresponsabilidade fiscal*, que só em juros pagos anualmente aos investidores, significativa parte do PIB se consome, já se justifica conceder um recesso aos políticos, em todos os níveis, de forma imediata, através de uma nova Constituição, agora elaborada ou aprovada pelo povo.
— Isso se afigura muito radical, Jaques — comentou Miguel.
— É claro que eu não vou decidir isso sozinho — disse Jaques. — O País poderia constituir uma Unidade Federativa com autonomia para os Municípios e Estados elegerem de forma independente a manutenção ou não do sistema vigente. Dessa forma, aquele processo das obras inacabadas deixaria de existir, e também a sistemática oposição aos projetos do governo que, em síntese, visam unicamente a desprestigiar sua atuação para inviabilizar

a manutenção no poder, mesmo quando for do maior interesse do povo.

– *Pera* aí! – era Jonas. – Além de boicotar as obras iniciadas pelo governo anterior de outra legenda, os nossos dignos representantes ainda fazem sistemática oposição aos projetos apresentados pela bancada situacionista, mesmo sendo do maior interesse da nação? É isto? Eu não sei como vocês classificam. Para mim é sabotagem, da grossa!

– Eu, particularmente, gostei de toda proposta, Jaques – disse Vladimir, – mas destaco o prestígio que se dará ao ensino, na contratação do estagiário, considerando o aproveitamento escolar como mérito. É o estímulo que todo aluno precisa para se aplicar e valorizar o estudo.

– Já que estamos na fase da divagação – falou Miguel –, eu vou dar o meu *pitaco*. Certo, Jonas?

– Vai fundo! – respondeu Jonas.

– Como vocês sabem – começou Miguel –, existe uma falha no processo jurídico no que concerne ao tratamento dos casos. Muito destacado pela mídia em geral, alguns crimes são conduzidos diferentemente dos outros por questões que envolvem a posição social ou financeira dos envolvidos. O que eu entendo que deveria ser considerado como básico é a posição adotada pelo acusado quanto à culpabilidade. Se ele manifestar culpa, deveria ser considerado atenuante no julgamento. Caso ele deixe o Estado provar, como é no presente, constituiria o agravante, ficando abolido aqueles *arabescos* como trânsito em julgado em última instância, prisão domiciliar e, principalmente, o recurso de responder em liberdade de acordo com a natureza do crime. No tocante à justiça, eu creio que existe muita influência externa agindo nela. Seja o poder econômico, ou até a política. Nesta última observação, deparamo-nos com o absurdo da definição dos mais altos cargos do Judiciário serem da competência da autoridade política. Essa situação pode levar a decisões a serem tomadas visando ao futuro aproveitamento em postos da mais alta instância. Também concorre o valor econômico, pois uma ação contra uma grande empresa pode carrear uma série de outras ações. Eu me lembro de um exemplo que foi citado em aula: um usuário de uma importante empresa recebeu uma conta muito alta, não correspondendo aos serviços que foram prestados. O cliente tentou a correção do valor e não foi atendido. Recorreu à justiça e, pasmem, a sentença do juiz foi em favor da empresa, com a alegação de que o cliente deveria primeiro pagar a conta e depois reivindicar a devolução do valor. Isso quer dizer que, se o cliente não tivesse condições de pagar a conta, não teria o direito de reclamar. Como dizem "desgraça pouca é bobagem", o juiz ainda condenou o postulante a pagar a incumbência, que são as despesas do processo, inclusive os honorários advocatícios da outra parte.

– Entre os *arabescos* citados por Miguel – falou Vladimir –, eu incluiria mais um que considero uma forma descarada de desprestígio para com a autoridade policial: trata-se de o réu alegar que somente irá responder as acusações em juízo. Eu até estaria de acordo se, face a essa recusa, que pode significar uma confissão, fosse possível decretar uma prisão preventiva.

– Gente! – falou Jonas. – Não sei vocês, mas eu estou saboreando este encontro. Falamos do passado, rimos muito, e só não vamos consertar o mundo porque, seguramente, não vão nos deixar. Fica aqui, entretanto, um comentário: será que estes políticos sabem para quem na verdade devem mostrar serviço? Será que eventuais repressores sabem quem é o responsável pelo pagamento de seus salários? Eu, da forma mais discreta possível, gostaria de dar-lhes a resposta.